워카 37년

국립중앙도서관 출판예정도서목록(CIP)

워카 37년 / 지은이: 유차영. -- 서울 : 토담미디어, 2016
    p. ;   cm

ISBN 979-11-86129-52-4 03810 : ₩9000

한국 현대시[韓國現代詩]

811.7-KDC6
895.715-DDC23   CIP2016025794

왜 카 37年

활초 유차영

토담미디어

생각의 씨줄 날줄을 엮으며

1978년 7월 31일, 00시

7월의 끝 날과 8월의 시작 날, 시간의 경계지대
나의 삶도 민간인과 군인의 경계지대로 들어섰다.
조국을 향하여 나아가는 완행열차에 실린 것이다. 동대구역.

낯 설은 호송관들의 직각언행이 분망하게 오가는
완행열차 안에서 걱정, 호기, 두려움, 다짐이 뒤섞인
분망한 마음으로 깜깜한 창밖을 주시하면서,

'… 사내 한 목숨 조국 앞에
충정을 다짐하지만,
완행열차, 기적소리 하나 감당하지 못하나
차창 밖, 이젤 같은 어둠 위엔
고향 언덕이 보이고
어머님은 두 손을 모우고 서셨다
동틀 무렵, 충성벌
그곳은 조국이었다'

그날, 이런 시를 입영열차 안에서 가슴속에 새겼었다.
그날 이후, 꼭 36년 하고도 다섯 달을
워카를 신고 살았다, 워카 37년.

진땀에 쩌들어 쑥물색깔 녹물이 자자하게 배인
은빛목걸이를 목숨을 담보로 모가지에 걸고서
'장교의 책무'를 암송하면서
아침마다 집에서 사무실까지 걸어서 갔다.
전우들이 깨어나기 30분 전, 다섯 시 반.

'장교는 군대의 기간이다
그러므로 장교는 그 책임의 막중함을 자각하여,
항상 풍부한 지식과 덕성을 쌓고
심신단련에 힘쓸 것이며,

처사를 공명정대히 하고 법규를 준수하여
솔선수범함으로써,
부하로부터 신뢰와 존경을 받아 어떠한 역경에 처하여서도
올바른 판단과 조치를 할 수 있는
위엄과 기품을 갖추어야 한다.'

2014년 12월 31일,

그 책무를 머리에서 가슴으로 내려놓았다.
연령 정년일 1년 2개월을 남겨둔 상태에서
희망전역이라는 명분으로 정중하게 제출한 사표였다.

직업보도 공로연수도 마다하고,
명예퇴직 수당도 스스로 택하지 않았다.

그 마지막의 자리,
국방부 직할기관장 이임식에서,
감사인사로 남긴 끝 말, 그것도 '장교의 책무'였다.

긴 세월,
머리에 이고 다니던 무거운 소명과 사명의 혼을,
혼미한 상황과 사안마다에 칼끝처럼 들이대던
줄어들거나 늘어나지 않던 잣대를,
가슴속에 담고 떠나겠다는 말.
꼭 36년 하고 다섯 달,
감사드린다는 말을 뒤로 하고 자연인으로 나섰다.

나의 인생역사는 육군3사관학교로부터 시작되었다.
나를 발견한 곳과,
나 스스로의 역사 출발의 발동을 건 터가
바로 그 곳이기 때문이다.
그날부터 나는 내 손으로 직접 쓴 기록물을
내 역사의 퇴적물로 쌓았다.

시와 수필 습작과 문단 등단, 초서독서카드, 손 글씨 앨범 스크랩,
매일 매일의 일기, 전우들과 주고 받은 손 편지,
역사문화예술자료 스크랩,
아내와 아이들과 주고받는 편지와 e-메일,
고교시절 담임선생님,
군 생활 중 상관님, 전우님들과 주고받은 손 편지 등등.

그 갈피에,

적혀 있던 사유의 조각들을 모은 것이 이 책이다.
뒤뚱거리고 어눌하고 서툰 편린들.

늘, '思無邪 思無私'인가를 가름하면서
또록또록 적은 단어와 어휘와 문장들이다.

내가 서 있던 인생역사의 출발선,
그 출발선이 다른 사람과 다르다는 생각이,
다른 사람과 다르게 살아야 한다는 생각을 영글게 하였고,
그래서, 그 생각대로 스스로에게
나 스스로를 혹사시키는 강짜를 부리며 살아냈다.

하루에 3시간을 더 남들과 다르게 살면, 1년에 1,095시간

이렇게 십 년을 지속하면, 10,950시간
이렇게 삼십 년을 지속해 보니, 38,250시간이 쌓였다.

이것이 1만 시간의 법칙이, 작은 차이의 지속임을 알았다.
내가, 하루에 3시간을 다르게 살기를 시작한 그때는
1만 시간의 법칙이라는 말도 통용되지 않았었다. 없었다.

그냥 매일 매일을 다른 사람들 보다 다른 시간에
다른 것에 몰입하는 3시간의 차이를 지속했다. 37년 동안.
작은 차이를 지속한 것이다.
등을 붙이고 잠 자는 절대수면시간의 단축.

태산홍모泰山鴻毛
인생은, 삶은 한 뭉텅이로 불쑥 왔다가
한 묶음으로 휙 떠나가는 것이 아니다.
순간순간 과정이 목표이고, 그 목표가 또 다른 과정이 되는
현재진행형 짬 짬의 합이 바로 인생이다.

그 짬 짬의 결과가
태산이 될 수도 있고, 기러기 털이 될 수도 있다
태산이거나 기러기 털은 각자가 살아 낸 결과물이다.

8

37년의 세월이 흐른 뒤 다시 선,
그 시간의 경계지대
군인에서 다시 자연인으로 되돌아가는 길

2015년 1월 1일,

해가 보이지 않는 가시덤불 헤치며
직각으로 걸어 온 세월,
구비마다 고개마다 견디어내며 살아 낸, 워카 37년.

그 세월을 살아내면서 가슴속에 곰삭힌
사유의 씨줄 날줄을 은유와 직유로 풀어서 엮는다.

직각보행,
직각으로 걸어 온 길, 워카 37년

2016년 단풍잎 간들거리는 어느 휴일
이태원, '솔깃 감동스토리연구원'에서
활초 유차영

2부

4부

1부

보은 시담詩談

재주가 모자라서
나라님께 보답도 못하고

서른 하고 일곱 해를
은혜만 입고 살았네

느지막이 깨달은 생각
이제사 펼치려니

길도 막다르고
세월도 더는 허락지 않네

송구한 마음으로
돌아서는 갈림길

보답이라 여기면서
시로서 말을 건네네

입영 入營

어둠 쌓인 역 광장
호송관의 안내를 받아

자정에 떠난 열차는 어둠 보다 무겁다
사위는 어둠에 가려 분간이 어려운데
마음마저 깜깜하다

사내 한 목숨 조국 앞에
충정을 다짐하지만
기적소리 하나 감당하지 못하나

차창 밖, 이젤 같은 어둠 위엔
고향 언덕이 보이고
어머님은 두 손을 모우고 서셨다

동틀 무렵, 충성벌
그곳은 조국이었다.

1978년 7월 31일
동대구역에서 영천으로 가는 입영열차 속에서

18

직각의 도

귀관은 '사관생도'
직각으로 살기를 선서한 도인道人

직각으로 생각하고, 직각으로 길을 걷고
직각으로 밥술을 뜨고, 직각으로 국물을 뜨고

직각으로 풋고추를 장에 찍고, 직각으로 쌈을 들고
직각으로 누워서 잠들고, 직각으로 꿈을 꾸고

직각으로 잠에서 깨어나, 직각으로 침구를 개고
직각으로 속옷을 접고, 직각으로 양말을 말고

직각으로 모서리길을 돌아가며
1미터 떨어진 채로 직각의 데이트를 하고

직각으로 접은 내용물을 넣은, 직각 가방을 들고
직각으로 양팔을 흔드는 날들의 끝 날

5만 촉광 소위 계급장, 임관사령장

장교의 책무를 암송하면서 수직의 길로 들어섰다

1978년 8월 1일부터
1980년 9월 5일까지
직각의 도를 수련하다가, 장교의 길로 들어서다.

소대장
— 밤을 이긴 들꽃

소대장은
어둠이 가시는 새벽
진주처럼 영롱한 밤이슬을 가득 머금고
같이 있으면서도, 오히려 홀로 서 있는 들꽃이다

조국의 끝자락
그 현장의 향기
흙냄새, 풀냄새, 땀 냄새를
소금에 절인 듯 진하게 품고 있는 꽃떨기다

아침마다, 날마다
이마와 코끝자락에 포도송이처럼
송글송글한 땀과 거치른 숨결로
조국을 거룩하게 매달고서

녹 슬은 철책선을
전우와 함께 붙들고
울기도 하고 웃기도 하는
홀로 서 있는 들꽃이다

1981년 3월 1일
금강산 집선봉을 마주하고 있는 고황봉에서

전우 환상
― 38년 전 고황봉 전우들에게

세월의 흔적 온몸으로 삭힌 녹슨 철책

국경으로 버티어 선 가시울타리

조국의 끝으로 믿기지 않아

마음은 백두산 천지에 오르고

신앙 같은 다짐 솔선수범의 각오는

낯선 일과의 굴레로 다가와

전우와 함께한 동행의 하루

해마저 땀으로 젖는데

유채내음 가득 싣고 달려 온 실바람이

전선 아지랑이 속살을 간질이면

옹달샘 얼음문턱 자잘자잘 녹아내려 잠든 계곡을 깨우고

버들가지 둔덕을 지나 개울을 이루면

동면에서 깨어 난 열목어는

북쪽으로 흐르는 강 지류를 따라

국경의 수문을 자유로 넘나드는데

가파른 진지에 오른 푸른 사관은
스사삭~ 스치는 바람에도 두 귀를 세우고

밤새 어둠을 지켜 낸 초병이 그린
어머님의 몽상은, 먼동이 트기 전
고향마을 신목이 되어 정화수 받드는데

하늘과 땅이 마주한 적막한 산하
혈관처럼 또렷한 순찰로 돌고 돌아
전선의 산기슭 초막에 이르면

언 가슴 녹이려 웃음 건네던 전우야
혈육 같은 전우애로 한기를 털고
형제 같은 인정으로 하루를 더해

인고의 세월, 일천 하고 아흔 닷새를 이겨낸,
전역의 그날, 찬란한 영광을 맞아
금장으로 수를 놓은 예비역장을 달고서

철책선을 배경삼은 전역식을 치르고
고황봉을 돌아가며 뒤돌아보며
되돌아 손짓하던 팔도 전우야

강산이 네 번 변할 세월의 저편
묻어 둔 세월 속에 환갑을 맞을
그대, 오늘 까지 안녕하신가?

전우는 떠나가도
또 다른 전우의 가슴속에서
세월만큼 같이 익어간다는데,
……
팔각모형 사판 위에 고향을 새겨
향수의 고리로 하나가 되던
전우야, 다시 만나 팔도 노래 부르자

1981년 11월
철책선 소대장을 마치고 연대 인사장교로 떠나며

중대장
— 팀웍과 단결력의 핵

팀웍과 단결력이 승패를 좌우한다
하나뿐인 목숨을 담보도 부여 받은
저마다의 고유한 군번,
세상에서 가장 소중한 은빛목걸이를 걸고서
'우리'는 함께 달린다

전우라는 이름으로 살아가는 '우리'는
백 미터를 십초에 달리는 '대표선수'보다
이십초에 '함께' 달리는 '우리'가 더 절실하다

중대장은, 팀웍과 단결력의 핵이다.
솔선동행보다 더 나은 솔선수범은 없다

나 홀로 진지를 지킬 수는 있지만
거점은 방어할 수가 없다
나 홀로 고지에 침투할 수는 있지만
고지를 탈취할 수는 없다

지휘관은, 상관의 눈은 가릴 수 있어도

전우들의 가슴속을 속일 수는 없다
전우들은 명령에는 물리적인 복종을 하지만
상관의 올바른 처사에는 가슴으로 순종한다

전속부관에게
— 소라면 복초교회 신창호 목사님, 당시 중대장 전령님께

남녘 저 멀리, 육지의 끝 여수에서
동북단 최전선 이곳, 고성까지 흘러 와서
성실한 마음자세와 뚜렷한 신념으로
군 복무에 임하고 있는 너를 대할 때 마다
자못 숙연한 마음자세가 가다듬어지고
훌륭한 부하를 둔 중대장이라는 보람이 앞선다

하나님의 피조물인
우리 인간들이 더불어서 살아가는 곳이면
어디든지 꼭 필요한 이치가 있다고 보고,
또 그것이 순리라고 생각하는 바다
물론 각자마다
그 순리와 이치의 기준을 달리 할 수도 있다고 보며,
그러나 그 맥은 유사하다고 본다

나 같은 경우에는,

1. 나보다 남을 먼저 생각하며,
2. 가능하면 내가 손해를 보면서 살려고 하며,

3. 어느 한쪽에 치우치지 말며,

　제3자의 순한 눈으로 참 진실을 알고 행하려고 노력한다

4. 신의를 지키고 의를 행하며,

5. 허세를 버리고 실력을 쌓고,

6. 과욕을 배제하고 분수를 지키면서 생활하려고 한다

지금까지 살아오면서 나는

남에게 지탄을 받을 일이라면

비록 그것이 나의 출세에 도움이 된다고 하더라도

의도적으로 피하였으며,

남들의 정당한 승리에 겸허한 자세로 박수갈채를 보냈었다

모든 일상을 경쟁이나 승부로는 생각했으되,

비록 패했을 때도 그 순간까지의 정당한 나의 노력에 대해

부끄럽게 생각하지 않았다

생을 살아가면서 가장 중요한 것은

하나님이 각자에게 주신 사명감이며 '개성'이다

우리는 진실과 사명감으로 주어진 기간을 살다가

주님께로 간다고 믿는다

1986년 5월 29일 항심

─ 이 글은 1986년 5월 29일,
당시 중대장 근무병으로 복무하시고 이듬해 전역을 하시어,
2016년 현재, 전라남도 여수시 소라면 복촌리 복촌교회에서
목사님으로 사목하시는 신창호 목사님께서, '군 생활 당시 스스로
기록하여 보관하고 계시는 비망록에 적힌 글'을 '사진으로 찍어서
카톡으로 보내 주신 것'을 다시 필자가 정리를 한 것임.
(전속부관 : 당시, 중대장 근무병을 존칭하여 불러드렸던 직함
항심 : 필자가 사관학교 시절부터 스스로 붙인 아호)

대대장
― 벽돌로 건물을 짓는 건축가

대대장은,
'우리'라는 건물을 짓는 건축가다
'나'는 약하지만, '우리'는 강하다

'우리'는 망치로 두들겨도 깨지지 않고
불에 태워도 재가 되지 않는다
'나'는 벽돌이고 '우리'는 건물이다
'우리' 속의 벽돌은 모양새가 저마다이다

지휘관은,
선택과 관계 속에 접착제를 융합하는 예술가다
풍상우로에도 무너지지 않는
전쟁 통에서도 무너지지 않을 건물을 짓는

참다운 '우리'의 결속은
부둥켜안고 추켜세우는 인위적 처사보다
일상과 관념 속에서
혈연, 지연, 학연 같은 주관적 편견에 빠진
이율배반적인 상처를 주지 않는 것이다

〈

남들보다 특별한 것을 소유하는 것도 귀하지만
사소하고 작은 것을 원소유주에게 돌려주는 것은
귀한 것보다 더 소중하다

건물을 지을 '벽돌'은
1척도 모자랄 때가 있고, 1촌도 남을 때가 있다
척단촌장尺短寸長,
지휘관의 통찰요목

백야 행군

어둠 내려 적막한 산하
해상박명종에 시작된 하루

강토의 핏줄 같은 오솔길 따라
백야의 여인,
실루엣 치맛자락처럼 흩날리는 눈발 사이로
검은 빛 군화대열 나란히

열기 서려 반죽으로 묻어나는
지표 위엔 가파른 숨결
몸통보다 두터운 군장 위엔
설화가 피어나고
산간 오두막 복슬이만 동구를 지키는데

해상박명초, 다가 선 고갯마루
부시는 동녘이여 한 줄기 햇살이여
정녕, 그 빛 전우의 소망이라

쏟아지는 햇살 가슴으로 맞으며

우리가, 걸어서 가야할 땅

조국의 끝

1997년 깊은 겨울날
철야행군을 동행하면서, 돌산부대 언덕길에 서서

애상

바람마저 얼어붙은 거리
서러운 님 가슴으로 여미는
나를 두고, 떠나간 당신인들
미련이야 없으리오

잠 재워 둔 그리움 고개 들어
비 개는 아침
솜 살처럼 피어오른 안개는
골과 능을 지나 산자락을 휘감는데

빈 가슴 서러운 나는
한 숨마저 삭혀 버렸오

바람 빠진 풍선처럼
헛돌다 지쳐버린 하루

미움, 애증으로 돌려세운 당신은
가슴 아린 사랑으로 되돌아오고
실루엣 스러지는 스산한 거리

〈

가로수 빈 가지 끝 일그러진 하현처럼

빈 가슴 서러운 난,

돌이 되려오

1998년 10월
'햇볕 아르레기성 수포증 의증' 질병으로
이성 친구로부터 절교통보를 받은 김성진 전우 위로 시

연대장
― 야전 전술초막 속의 구도자

연대장은, 생명철학의 길 위를 걸어야 한다
즉흥적인 행동이나 기발한 생각으로는 불가하다

'열심히 해, 똑바로 해, 확실하게… 등등'
함성과 구호로는 더더구나 불가하다.

구도의 길, 생명철학의 길은
숙고와 동행과 성찰의 가치를 이행하는 과정이다

목숨을 건 전장에 대응할 결연함,
그 생명을 유지 관리 보전하다가

마침내 모가지를 내어 걸 결기의 순간에
분연히 결연해질 수 있는 전사를 육성하기 위해서는

이성을 넘어서는 감성과
감성을 능가하는 이성을 아우르는 도가 절실하다

전우들의 목숨경영지도철학의 도,

경영이 조직 활동의 방향과 연계된다면
지도는 다분히 조직목표달성의 방법과 직결된다

목표감각, 균형감각, 현장감각
주목, 접촉유지, 소통, 협조, 융합, 함의
솔선동행과 솔선수범을 병행할 수 있는 커맨더

그대는,
명령형이 아닌 청유형 구도자가 되어야 한다

당신은 '게' 편을 드는 '가재'이기도 하고
때로는 '올챙이'의 말에 귀를 기울이는
'개구리'가 되기도 해야 한다

연대장은,
리더이기도 하면서 팔로워이기도 한,
도를 수련하는 철학적 액션커맨더가 되어야 한다

초병의 달

달빛 반사되지 못하도록
얼굴 가득 검정을 칠하고
은밀한 수풀 속 좌우경계총
초병은 사주를 감시하고
달은 솔가지에 걸렸다

밤새도록, 소리 없는 바람에 사위며
어둠을 이겨 낸 솔잎엔 은구슬 영롱한데
푸르고 시린 달은 그리움으로 영글고
천만리 모성의 전율 되어 여울지고

초병의 마음을 비추고
가슴속 강물이 되어 고향으로 흐르고
초병의 마음은 두고 온 고향
달맞이꽃 보다 더 눈이 시려

달 속 계수나무 어디에 있나
금도끼 은도끼 뉘 취했나
다만,

초병의 달은 어머님 얼굴

2007년 겨울의 초입
장산줄기에서 혹한기 훈련 중
보초를 서고 있는 전우 곁에서

군인

시간과 공간의 섬에
부동자세로 서서
펄럭거리는 깃발을 향해
맹세하는 너의 영혼은
건곤감리 청홍백을 향하여
조준선 정열이 되어 있다
정조준 되어 있다

머리에는 철갑모자
목에는 은빛목걸이
어깨에는 녹색견장
가슴에는 철편 휘장
두 발은 목을 죄이는 가죽구두, 워카

끝자락에 서 있는 몸은
진땀 절은 얼룩무늬 수의를 입고
마음은 사랑하는 조국을 향하여
명예로운 헌신, 대가를 바라지 않는 희생

이승을 살아가면서
저승길에 입고 가는, 수의를 입고 직각으로 걸어가는
시간과 공간의 섬에
부동자세로 서 있는 당신

진급 이야기
― 꿩을 잡는 매

해 마다다 가을이 오면
하늘과 땅 사이 허공중에
맴을 도는 새가 있었네

꿩을 잡으려고 날으는
매인가 비둘기인가 바람개비인가
날개 짓 모양새로는 분간이 어지러웠네

다만, 저 새들은
꿩을 잡으려는 새네, 그렇네
꿩을 잡는 새만 매가 된다네

해마다 가을이 가고 나면
매는 참새가 되고,
바람개비는 매가 되어 허공중을 날았네

참새가 된 매는
거짓 매가 된 바람개비는
더 이상 매가 아니네

실언失言

나아가고 올라가는 데는
간사한 말들, 교언巧言이 묘책임을
왜 몰랐는가

머무르고 주저앉음에는
바른 말이 상책임을
왜 그렇게 느지막이 알았는가

간언과 직언을 합친 것이
얼얼한 중언임을
어이하여 이제사 알아차렸는가

지금 하는 이 말이
실언임을
또 알아차릴 날 언제이랴

쳇바퀴

어리 빙빙 돌이 빙빙
돌고돌고 돌았네

정각형 울 안에서
다람쥐처럼 체를 굴렸네

서른일곱 해를 하루 같이
헛물레만 밟았네

돌고돌고 돌아온 길
외나무길이네

돌이 빙빙 어리 빙빙
돌아보는 외나무길

서산에 해 기운다고
노을 아래 새들이 알려 주네

탄식

하늘은 높고 푸른데
더 올라갈 사다리가 없네

삼천리 강토라지만
발붙일 자리가 없네

서른일곱 해를 달렸어도
갈 길은 마냥 아득하고,

발바닥은 성성한데
발목이 세월 덫에 걸리었네

자화상

거울 속에 서 있는 내 모습은
푸른 날의 내가 아닐세

사십 년 전 내 모습은
새파란 청춘이었지

나 아닌 나를 거울로 바라보며
뒤돌아보는 지난 날

찬 이슬 비바람이 시려
면경마저 흐리어지네

은빛목걸이

이제,
사명과 헌신과 목숨의 징표를
반납할 때가 왔네

이름과 군번,
알파벳으로 내 피의 모양을 새긴
진한 땀 찌들어 배인 은빛목걸이

자모음과 숫자와 영문이
조합을 이루어
내 목숨담보의 고유명사가 되었던

그 고유한 명사를 이제,
내 모가지에서 떼어놓을
그 시간이 왔네

삼가 축도할 일이네
삼가 감읍할 일이네
푸른 녹물 자자한 은빛목걸이

세월의 빚

너무 높이 올랐네
잘 난 것 하나 없는
어설픈 내가

유별난 친구들 따라서
일곱 번 뒤쳐진 늦은 동반이지만,
뒤따라 합류한 이 자리가

많이 미안하네
자꾸 생각해도 송구하네
같이 오르지 못한 나보다 별난 그들

가슴에 묻어두고 사는 이들
나보다 더 나은 그들 보다
더 높이 올라서 미안하네

지나온 세월이
송두리째 빚이네
이승에서 꼭 다 갚고 가야할 빚이네

〈

갚아도 갚아도

못다 갚을 빚이네

수직의 길

되돌아서는 길 위에 서서
수직으로 걸어 온 길을 되돌아보네

그리움 없이 살아 온
단 하루가 있었던가

서러움 없이 건너 온
한 줄기 강이 있었던가

애절함 없이 비워 본
한 잔의 술이 있었던가

아쉬움 없이 돌아 선
한 갈래 길이 있었던가

기다림 없이 서 있던
정거장 하나 있었던가

숨어서 울던 밤과 밤사이

그런 날 없이 올라선 계단 있었던가

인생 일 막
수직으로 걸어 온 길

동행

― 동작동 현충원

살아서 이승을 사시는 사람과
지하에 누워계신 분들이 일어나
두 손을 잡고 걸어가네

살아남은 자와 죽어서 묻힌 자가
어깨를 맞대고 걸으며 말을 섞네
자유와 평화와 자유대한의 안부를 묻네

실룩거리는 6월, 푸른 하늘 흰 구름 아래
새파란 잔디, 정각형 묘역에 둘러앉아 또 묻네
참 자유는 누구의 헌신을 담보한 것인가

누워계신 분이 말하네, 산 자도 다짐하네
분노와 애증의 씨앗들이 싹터서
함부로 자라지 않도록 두 손을 꼭 잡아야 한다고

하늘과 구름과 바람이 자유로 흐르고
기름진 땅과 파아란 숲과 마알간 강물이
평강한 숨을 쉬는 터를 보전해야 한다고

〈

누워계신 분들의 빛이 바래이지 않도록
살아 걸어가는 자의 땀이 마르지 않도록
우리, 두 손을 꼭 잡아야 한다고

자유의 씨앗

빗발치던 총성이 멎고
허공중에 뭉클거리던 화염도 사그라지고
마른 먼지 풀풀거리던 산하, 육십 년
숨찬 세월 위에 자유의 숲이 자라네

잿가루 흩날리던 황막한 강토
일곱 색깔 꽃들이 만발하고
새파란 나무들 새록거리는 숨소리 각색이네
자유네, 그리고 또 자유이네

누구인가
자유의 씨앗으로 이 강토에 묻힌 이들은
지금이네, 이제는 그들을 찾아 모셔야 하네
참 자유의 씨앗으로 땅 속에 묻힌 그들을

그날,
강을 건너고 능선을 넘어 진격하다가 쓰러진,
능선과 고지를 사수하다가 가쁜 숨을 거두신
그 주검을 흙먼지가 덮었네. 마른낙엽이 덮었네

〈

뜨거운 피 흐르던 육신 싸늘하게 식어 백골이 되고
혼은 호국의 영령이 되셨네, 그리고
꽃잎 지고 나뭇잎 지고 비바람 불어와 재가 쌓였네
자유의 씨앗으로 묻히셨네

그리고 육십 년, 자유의 싹으로 태어나
새파란 숲으로 자랐네, 이제 그 뿌리를 찾아야 하네
자유의 뿌리, 애국의 비취를 캐내야 하네
그리고 모셔야 하네, 조국의 따뜻한 품으로

헌신의 절벽

팍팍한 목마름 어느 세월에 그칠까
마시면 마실수록 정신은 해맑아 오고
취하면 취할수록 사지는 허물어지는데

마알간 별 하나 새벽구름 너머에서
객지의 가로등처럼 가물거리고
나는 더 이상 손을 내밀지 못하네

새파란 영혼으로 만난 첫사랑 같은 조국
불그레한 구름 속에 가리어 있네
이제는 명예의 잔도 헌신의 건배도 들지 못하리

샛노란 봄은 가쁜 숨결 속에 오는 듯 가버렸고
푸르던 여름은 서둘러 시들은 가을을 지나서
서걱거리는 겨울의 문턱을 서성거리고 있네

맞이하는 계절마다 진검승부를 갈망했건만
늘 결과는 판정으로 패하고, 나는
패자부활로 엉거주춤 올라선 절벽에 서 있네

둥지 떠나는 철새

나는 철새,
서른일곱 해 세 들어 살던
둥지를 떠나야 하네

용한 새끼 한 마리
묶은 둥지에 남겨두고
떠나야 하네

낯설지만 따스한 기슭
몸부림치지 않아도 좋을
떠밀리지 아니할 품

나는 철새,
새 둥지를 찾아 날아가네
쉰아홉, 떨리는 가슴으로 붉은 훼를 치네

기로
— 분열과 대항의 갈등 앞에

마주하여 대항할 가치가 있는가. 나의 강변이 오히려, 저들의 주장과 명분의 근거를 지탱해주는 지지대의 역할을 하는 것은 아닌가. 나의 상식과 저들 상식의 간극이 너무 멀지 않는가. 아니, 저들의 상식이 있기는 한가. 저들의 상식은 이성의 도를 뒤집는 억지로 보이고, 파당과 분열의 피 속에 흐르는 유전자는 부정할 수 없는 현실이 아닌가. 과거는 누군가가 흘려보낸 현재이고, 현재는 너와 내가 그토록 갈망하던 내일이 아닌가. 그렇다면 미래는 남녀노소 우리 모두가 가꾸어 가야할 훗날이 아닌가. 그래서 오늘은, 현재는 우리에게 남아 있는 내일을 위한 새로운 시작의 날이 아닌가. 새로운 시작의 날, 오늘 나는 무슨 꿈을 꾸어야 하나. 저 끝이 없을 파당과 분열과 갈등의 미래가 꿈일 수는 없지 않겠는가. 끝없는 대항의 대항이 꿈이 되고 가치가 되어야할 이유를 버려야 하지 않겠는가. 대항이 없는 꿈, 대항이 대항을 맞세우지 않는 꿈의 세계를 열어가야 하지 않겠는가. 생각의 대양을 건너고 사유의 창공을 날아 새로운 둥지를 틀어야 하지 않겠는가. 산새들처럼.

2부

썩돌과 옥돌

아홉 번은 넘어지고
열 번째는 거꾸러졌네

넘어지면 다시 설 수 있어도
거꾸러지면 설 수가 없네

썩돌이 옥돌에 끼었으니
패랭이 아니었으랴

썩돌은 티끌이니
티끌세상으로 돌아가리라

썩돌이 티끌 속에 섞이면
시샘 받지 않으리니

양심의 명령

명령 하나에
목숨 걸고 살았네
37년의 세월

차렷, 우향우!
앞으로 갓!

아침저녁으로
태극기를 향하여 예를 받들며
다짐하고 또 맹서를 했네

'나는 자랑스러운 태극기 앞에
자유롭고 정의로운
대한민국의 무궁한 영광을 위하여
충성을 다 할 것을 다짐합니다'

그렇게 세월은 37년이 흘렀고
그 세월은 결국
나의 세월을 배반했네

〈

지금,

양심의 명령은 무엇인가?
속내의 명령은 무엇인가?

차렷, 그리고
우향우인가 좌향좌인가?

보이지 않는 손

갑옷에 투구를 쓰고
총을 차고 살았네
서른 하고 일곱 해

이마와 양 어께에 관작을 달고
끝자락 산야에서 밤이슬에 젖고
정각형 울 안에서 괴뇌와 숙고를 반복했네

어찌하다 여기까지 왔는가
어찌하여 여기서 머무는가
보이지 않는 손, 보이는 손이 있음이여

보이지 않는 손에 이끌리어왔네
보이는 손에 붙들려 머물렀네
무디게 헌신하다 당당하게 귀거래하네

푸르게 늙은 청춘
늙어도 새파란 영혼
터벅터벅 들길 걸어 귀거래하네

형과 상관
— 선배와 선임

칠삭둥이 팔삭둥이도
다 같은 사람이고

뱃속에서 먼저 나면
형이란 이치를 모르는 이 없건만

형을 형으로 여기지 않으니
사람이 사람인가 속마음이 의구하네

내 자리 네 자리 정해 둔 건 아니지만
층계 진 자리에 먼저 이르면 상전인데

제각각으로 걷던 길 뒤따르든 몇 사람
앞질러서 선임이 된들 무엇이 대단한가

선임에 성복하지 않는 형 또한 있으니
이 또한 가증하지 않으리

승진 회상

사관으로 들어서서 소위 높은 줄 알았고
소위를 달고 나서 중위 높은 줄 알았네

중위가 되고 나서 대위 높은 줄 알았건만
달력이 세 번 바뀌니 공짜로 주듯 하사했네

그저 얻은 대위 달고 치열하게 경쟁하니
첫 번째는 낙선되고 두 번째로 소령 됐네

두 번째로 간택되고 중령을 바라보니
첫 번째는 낙마하고 두 번째는 비선되네

삼등열차 중령 달고 대령을 바라보니
앞선 사람 뒷모습에 길마저 보이질 않네

좁다랗고 멀고 먼 길 앙다물고 나아가다
낙천되고 비선되고 낙선됨이 세 차례네

4등열차 완행으로 병과장, 대령을 달고 나니

더 이상의 계급에는 병과가 없다네

병과장 대령에서 병과 없는 별이 되려고
깡다물고 다짐하며 우직하게 직무했네

쿼터제를 폐지하고 기수 특기 없앤다 하여
기대 반 의구심 반으로 수 년을 보냈건만

솥뚜껑을 열고 보니 익지도 않고 뜸도 설고
육십 년 세월처럼 사생아가 탄생했네

짧은 손

깎아지른 기암절벽
청솔나무에 기대어 서서

멀고 먼 검은 바다 넋을 놓고 바라보니
물결은 보이지 않고 파도소리만 황량한데

고개 들어 하늘을 보니
억만 개의 별이 떴네

주인 없는 별 밭이라
주저도 없이

시린 손 내밀어 꼭 한 점만 따오려니
하늘은 멀고 손은 모자라네

장수 망향가

별을 따리라
별을 따오리라
어금니를 앙다물고

강 건너고 산을 넘은
서른하고 또 일곱 해
하루하루 또 하루
질곡의 세월, 세월

유비의 대풍가* 읊조리면서
북녘하늘 바라본
다짐의 나날

마음은 지천인데
몸은 천만리

* 대풍가 : 유비가 항우를 이기고, 고향 탁현에 돌아와 읊은 시

큰 바람 일고 구름은 높게 날아가네
위풍을 해내에 떨치며 고향에 돌아왔네
내 어찌 용맹한 인재를 얻어
사방을 지키지 않을 소냐.

옹졸한 새장

황새 피 받은 몸이
뱁새로 났으니 어이하랴

뱁새 피 흐르는 몸에
황새 거죽을 씌웠으니 가상하구나

청 푸른 창공에는
황새 장 뱁새 장이 따로 없건만

옹졸한 새장 안에는
황새소리 뱁새소리만 쟁쟁거리네

전선 망향가

녹슨 철망 부여잡고 나아가는 파수의 길
술래 잡는 바람이 귓불을 스치는 밤
한 가락 가슴 여미는
귀뚜라미 노래가 구성지면

괭이 메고 걸어가는 아버지 달그림자
새끼 딸린 암소 워낭소리를 따라
맨발로 오십 년 엇박자 걸음걸이
어머님 머리 위엔 무서리가 내리고

동구 밖 느티나무 아래 피어오르는
할머니 설화 속에 서녘 해가 스러지면
4대가 둘러앉았던 담장 너머로
내리사랑 향기가 피어오르고

쑥대연기 모깃불 휘두르는 멍석자락
질화로 불 무덤 속에 군밤이 튀고
가난한 아버지 농주 사발에는
하늘에서 떨어지는 별 조각 잘랑잘랑

명예로운 가시길
— 임관 30년 홈커밍데이 행사 헌시

서른 해 전,
귓불 푸르던 내 작은 가슴 떨림이
조국을 향하여 옹어리져서

이제는 충용인
‘우리’라는 울림으로 당당하다
사랑하는 조국 앞에

우리의 젊음
우리의 청춘
우리의 열정, 우리의 뜨거운 가슴

너를 향하여 달려왔다
너를 향하여 달리고 있다
너를 향하여 달려갈 것이다

그리운 이여, 사랑하는 이여
내가 너를 사랑하는 이유는 무엇인가
내가 너를 그리워하는 까닭은 무엇인가

〈

우리는 하나다

우리는 하나가 되어야 한다

하나가 되는 것, 그것이 이유다

충용벌 푸른 열정을 가슴에 품고 살자

효동 각개전투장엔 너와 나의 피땀이 어려 있다

고경사격장, 총성은 아직도 울려 퍼지고 있다

대창 훈련장, 경계의 눈동자는 아직도 빛난다

호미곶 앞바다 전투수영훈련장,

푸른 물결은 검게 익은 우리의 피부를 기억하고 있다

우리가 걸어온 길은 조국의 산하다

생채기 붉은 피 구슬땀 멍울지던 유격공수훈련장

너를 향하여 범벅이 된 화산벌 우리들 가슴

그 달콤하던 옥정영원玉井永遠

〈

그 단물은 오늘도 우리 가슴속에 흐르고 있다

졸음이 겨워 등짝의 군장보다 더 무겁던 눈꺼풀
깜박거리는 내 영혼을 일깨워준 단포다리
금호강 형산강은 알고 있다, 우리의 영혼을

학무관 25시,
연등과 조등으로 어둠을 밝히던 형설지공
우리의 뜨거운 피는 아직도 식지 않았다

충성회관, 입안에 녹아들던 단포빵
누가 우리를 하나라고 하지 않을 것인가
네가 나를, 내가 너를 사랑하는 이유는

우리라는 이름으로 살아온 세월, 그것이 이유다

지천명의 고개를 넘어
우리는 이순으로 가는 능선길을 걸어가고 있다
누구인가, 누구인가

〈

굽이굽이 모퉁이 돌아 걸어오신 님들의 길
그 길이 소중하고 귀하지 않은 사람 어디 있으랴

우리가 걸어온 길은 금길이고 은길이다
우리가 같이 걸어가면 가싯길도 비단길이 된다

푸른 루비반지 하나,
약지 손가락에 걸고서
다짐하던 그날이 서른 해로 익었다

조국을 향하여, 너를 향하여
명예롭게 헌신한 가시길
대가를 바라지 않는 희생

우리의 가슴은 아직도 뛰고 있다

이제 오른손을 왼쪽 심장 위에 모셔 얹어라
그리고 잠시,

먼저 가신 동기님들께 묵념을 올리자

그리고 다시 시작이다

새로운 서른 해를 위하여

2010년 9월 5일
KAAY 사관학교 천수봉 태극기 아래서
육군3사관학교 17기 임관 30주년 기념행사

깃발

깃발이 깃발인 것은
매달아도 뿌리치지 않는
깃대가 있음이요

깃발이
허공을 가르며 펄럭거리는 것은
보이지 않는 바람이 있음이여

깃발이여, 깃발이여
깃대에게 바람에게
부디, 부디 겸허하소서

대를 잇는 전선야곡

찬바람 엷은 어둠 별빛마저 싸늘한 밤
귀 어린 아들 하나 끝자락에 세워놓고
나라 위한 괄목장성 기원하는 푸른 새벽

은하바다 뭇별은 시리도록 찬연한데
꿈결인 듯 몰아치는 녹슨 철책 우는 소리
서른 해 전 전선야곡 대를 이어 들려오네

대를 이어서, 대한민국이라는 나라 이름과
자유민주주의 이념을 지켜가는 병가兵家를 기리며

승진

이구동성으로 내린 결론
낳아 봐야 아는
뱃속에 든 아이

아들 딸은 있어도
아딸은 없는

공표하는 짧은 순간
천국과 지옥 사이

하루가 지나가면 남의 일
하루가 지나가면 또 나의 일
그러다가 끝내는 놓아버리는

목표가 아닌
과정으로 인식해야 할 관료들,

박제된 정각형 안에 가두어 둔
가치 혼돈의 기준
자격보다는 자격증에 눈이 멀어지는 날

별

밤에만 반짝이는
하늘별

낮에도 밤에도
반짝이는 이마별

밤에 반짝이는 별은
어둠의 덕분

이마에서 반짝이는 별은
수하와 도반들 신의 덕분

어둠 없는 하늘별은
허공 떠도는 흙덩어리

수하도반 신의를 잃은 이마별은
한 조각 양철쪼가리

관작

관작에서 가솔들의 신의信義가 결여되고
관작에서 지우들의 존의尊意가 결여되고

관작에서 본임本任 보다 이기利己를 우선하고
관작에서 법리法理 보다 친소親疎의 자를 대고

관작에서 계선係線 보다 인과因果를 우선하면
그 관작은,

그 관작은 한 갓, 한 조각 철편鐵片 양철쪼가리

※ 세상에 소용없는 세 쪼가리
1. 힘없는 나라와 힘센 나라 사이의 외교문서 → 휴지쪼가리
2. 학문적 자격이 결여된, 박사학위가 아닌 밥사학위 → 종이쪼가리
3. 동료와 주변인들의 신뢰와 존의가 결여된 계급장 → 양철쪼가리

인재양성

칼보다 사람이 보물임은
덕천가강이 도쿠가와에게
일러준 훈수인데

조화로 아울러야 할 울타리를
각각의 다른 뱃속에서 난 이복형제들이
다투어 난투하니 또한 난세이네

그 답이야 불빛처럼 빤하지 않은가
근속직업의 길을 하나로 터고
의무이행의 길을 하나로 묶으면 되지

다만, 무리지어 이미 가던 길을
하나로 트지 않으려는
알량하고 이기적인 마음길이 난제의 단초이지

물거품

가방도 작고 끈도 모자라
비바람 부는 서른일곱 해를
앙다물고 매진했네

낮에는 일을 하고 밤에는 잠을 줄이며
짬을 쪼개고 틈을 이어서
가방도 키우고 끈도 늘렸건만

스스로 채우고 늘린 끈은
늘어났지만 알아주지를 않네
석사도 박사도 학사만 못 하네

녹 슬은 땟자국 자잘한 가방 하나로
서른 해를 우려먹는 울타리 안에는
능력도 평판도 물거품이네

학벌이 능력을 덮어버렸네
부글부글 물거품
관행 속의 산물

졸장

못나고 모자랐다면 장수가 되었을까
장수도를 차고서 웅덩이 속을 헤엄친다면
껍데기만 잉어이지 속내는 버들치인걸

날개 넓은 수하 장졸
양 날개에 돌을 달아 놓고
날으라 날으라 나팔만 불어대네

무딘 칼날 시퍼렇게 벼리어
도톰한 칼집에 비켜 찬 수하
칼자루를 빼앗고는 진군하라고 북을 치네

감동 명령

머리가 뜨거우면 열 받기 쉽고
가슴이 따스하면 감동의 싹이 자라지

적과의 싸움은 총칼만으로 함이 아니요
사람이 사람과 적으로 마주 섬이라

칼로 복종하는 자는 마음의 겁이 앞서고
감동으로 순종하는 자는 발걸음이 앞설지니

수하 장졸에게는 머리로 호령하지 말고
가슴속에 감동의 나무를 자라게 할지라

말로 명령을 내리지 말고
행동으로 본을 보일지라

소통과 전달

소통하라 소통하라 노래를 부르지만
위와 아래 사이에는 전달만 있구나

나서면 강조사항, 들어서면 훈시문
들고 나는 길목마다 설사전달의 홍수로구나

전달, 전파만 하다보면 책임은 반이 되고
현장의 행함은 그에 반도 이르지 못 하네

주는 것이 전달이면 주고받는 것이 소통이라
주고받는 것은 하나에 하나를 연계함이 상책이라

공복

책임과 권한 중에 어느 것이 더 중한가
권한보다 책임이 당연한 답이지

내 것과 네 것 사이에 우리 것이 있으리니
내 것보다 네 것이, 네 것 보단 우리 것이지

권리와 의무가 일상 속에 공존하는데
권리에 치우치면 소아요, 의무에 치중하면 대아라

주는 것은 모래 위에 물 붓듯 하고
받은 것은 반석 위에 돌 쌓듯 하여라

공복의 의중 속에 자아(私心)가 들어가 있으면
제도도 정책도 강물 위에 거품이라

'～ 됐다 치고' 훈련

'됐다 치고, 왔다 치고,
갔다고 치고…'

'~치고, ~치고'를 반복하면
남는 것은 무엇인가

사람도 왔다 치고, 총알도 채웠다 치고
'~치고에 ~치고'를 더하면 무엇이 되겠는가

네모난 모니터 속에는
현란한 그림만 남고

밀폐된 장 안에는
'~치고 공론'만 장황하네

탓!

왕년에는 삼고가 탓이었네
'춥고, 고프고, 졸리고'
그것이 일상이었네

오늘의 탓은 줄기(幹)가 탓이네
'삼고'는 꼬리를 감추고
'간부'가 탓이라네

간부幹部인지 근부根部인지
숙고熟考도 않으면서
입으로만 탓, 탓, 탓! 간부만 타령하네

줄기가 부실하면 뿌리에 이유가 물렸는데
땅 속은 파지도 않고
손가락으로 가지만 가리키네

땅 속은 헐어가고
가지는 가늘어지니
꽃가지에 열매 익을 날 언제일런가

훈시의 설사

훈시와 강조사항을 하달은 왜 하는가?
훈시와 강조사항은 지휘서신과 다름일세

지침, 방침, 규정과 법리는
행위의 준거이고, 책임귀착의 한계이거늘

회의마다 순시마다 설하시는 분부를
토씨도 쉼표도 빠짐없이 열거하여
시마다 때마다 내려 보내니 어이하랴

부장형이건 처장형이건 보좌부처가 번듯하거늘
설하신 분부를 검토하여 제시하여야 하나
지침, 방침은 없고 훈시문만 난무하네

홍수처럼 난무하는 설사 같은 전파는
읽고, 인식하고, 판단하는 인걸마다
느낌과 강도와 통찰이 다를 터이니, 어이하랴

발간물 홍수

사람은 책을 만들고
책은 사람은 만듦이라

어인 일인가 정각형 울 안에서는
사람이 만들지 않고 조직이 만들어내네

사람이 만든 책은 영혼이 살아 있는데,
조직이 만든 것은 혼이 깃들질 않네

어이하랴, 저 발간물의 홍수를
기능마다 병과마다 학교마다

넘쳐나는 저 발간물결을

위임과 방임

위임과 방임 사이에
책임이 들어 있네

알고, 말하고, 행할 줄 아는 수하에겐
위임이 상책이지만,

모자라는 수하에게는
위임이 방임이 되어 하책이 되리

상책, 하책을 어이 할까는
상전의 판단에 달렸는데

아둔한 어르신이
위임 방임 한계를 정하지 못하니

이 또한 난제일세
한계설정도 없는 방임이 더 난제일세

임무형 지휘

'네 직무를 네가 알렸다'

상급 목표를 인식하여 지향하고
상전의 의도를 명찰하여
'알아서' 이행하라

천만 번을 말하고
억만 번을 들었어도
스스로는 그 속에 들어가지 않네

위임은 아니요 방임은 더욱 아니네
통제요 간섭이요
더하여 침범이 일상이네

구호가 난무하면 허상이 판을 치고
복종을 강요하면
순종은 어디에서 구할까

의도를 적시하고, 여건을 제공하면

임무형으로 복종하고

완성형으로 순종할 터인데

지휘권

녹색견장에 배어 있는 권한은
권리가 아니고 의무인 것을

의무를 권리로 혼돈하면
하늘이 진노할 터

수장首長은 계주契主가 아니요
동호회 회장은 더욱 아니라

한 사람을 놓고서
두 가지로 평할지라

하나는 사람됨이요
또 하나는 능력이라

사람됨과 능력을 겸한 자를 육성하면
화합도 든든하고 조직도 굳건할 터

혼돈

누가 누구를 부추겨야 하는지
위에서 아래로인지 아래서 위로인지
혼돈에서 깨어날 수가 없네

마음의 상床은 차리지 않고
지나간 유행, 명분만 담아 줄지은 접시들
둥그런 탁자 위에 빙빙빙 돌아가네

무덤덤한 심장의 그늘이 혀끝에 말려
떫은지 신지도 분간이 어려운데
수장은 자찬의 치사로 건배를 재촉하네

당신 말은 말이고, 네 말은 말이 아니라니
왼 귀로 들어온 당신 말이 오른 귀로 흘러나가고
반 쯤 찬 곡차는 모가지에 쓰게 걸리네

화이부동

계契인가 동호회인가
끼리끼리 속내를 얽고 사니
알 수가 없네

계는 모아서 공평히 나눔이요
동호회는 끼리끼리 모임이라
나눠가짐도 모임도, 오로지 하나 같으니

혼돈에서 깨어날 수가 없네

겉으로는 계도 아니요,
동호회는 더욱 아니라 하나
속내는 계보다도, 동호회보다도

오히려 더한 화이부동이네

동이불화

한 울타리 안에
한 하늘을 우러러
콩과 팥과 녹두가 살아가네

콩은 콩끼리 더불어 살고
팥은 팥끼리 아우러 사는데
녹두는 녹두끼리 어깨동무를 못하네

녹두는 녹두끼리
손도 입도 내밀지 못하고
콩에도 기웃, 팥에도 기웃

기웃거리는 넝쿨이라네

콩 : 미니맥스, 주류
팥 : 미니맥스에 기대어 기생하는, 서브 미니맥스
녹두 : 콩도 팥도 아니면서,
콩에도 기대고 팥에도 기대려는 맥스미니

98

3부

군대의 상처

나라님 앞에서도 북이고
백성에게서도 북이 되었네

울타리 지키라는
사명을 지워 놓고

앉을 자리 누울 자리 박대를 하면서
서서만 굳건하라 영만 내리네

뻥 하면 할 때마다
지청구 퍼부어대고

다독이고 부추기는 눈과 입
단 하나 찾을 수 없네

하늘 아래 입이 없어
말 못한 어르신 어디에 있나

이래저래 꼬투리 잡고

입방아 찧는 님만 넘쳐나니

북돋우고 치세워 섬길 주인은
어디에서 찾을까

신숭겸과 온군혜가 되살아와도
어허라 이 세상, 가소지울 걸

속고 사는 세상

― 승진 발표

큰 산을 등에 지고
바다를 바라보며
술잔에 잠긴 산그늘을 마시노니

꽃 피고 잎 지는 세월은 지나가고
속살 드러낸 산자락에
흰 눈이 가득하네

마른 바람 머무는 뜰
어스름 달빛이 가득한데
속아 살아온 가슴은 텅 비었네

속고 또 속는 것이 인생사라
탄할 소인이야 아니건만
속은 후에 또 기다리니 우매가 아니런가

해와 달은 허물이 없고
꽃과 벌은 기약을 어기지 않으니
이제사 하늘의 이치를 알겠네

〈

정신과 영혼에는

그림자가 없음을

이제사 알겠네, 속고도 또 기다리며 사는 세상

소신

가싯길 서른일곱 해 고달프지 않았는데
지체 높으신 어르신네
엷은 속아지가 가시 같네

겉으론 인심을 뿌리고
속으론 책임을 외면하니
층층시하 물결 속으로 책임만 밀려오네

빛나는 관작에 소임을 빼놓으면
고철 비철 양철쪼가리와
다를 바가 무어랴

차라리 낮은 내 어깨라도
당당하게 펴야 하리
고개를 반듯하게 들어야 하리

그렇게, 직각으로 걸어서 가야 하리

자연인

총검은 날카로워
날을 벼리기에 알맞고

필묵은 부드러워
가슴 데우기 좋아라

총검 차고 서른일곱 해
끝자락으로 나돌면서

벅 찬 맘 고달 진 맘
종이 위에 그렸네

둔한 머리 무딘 손 발
나라님께 송구한데

호사한 작위를 누렸으니
이 또한 빚이로세

모로 짖고 각으로 세운

공인의 시공을 나서

티끌 같은 세속으로 드니
비로소 숨결이 느려지네

의사당

모가지에 목숨 줄을 걸고
의사당을 바라보네

의사당을 바라보며
입법 인을 생각하네

속아지 없는 겉모양 새
연고緣故에 의를 버리는 부腐한 치인들

의사義士도 아니고
의사醫師는 더 더욱 아니네

우물쭈물 하다가
갈팡거리는 황당한 허송

누가 저 빈 속아지에
속아지를 채우려나

정치政治는 잊어버리고 자치自治만 좇는

빈사당 고사당

연줄을 찾아 고무줄 잣대를 들고 다니는
의사당 빈사瀕死들

외로운 섬지기

누가 이 섬에
오시고 가시면 좋겠다

추녀 아래 접동새 무상으로 드나들고
뒤란에 우거진 검은 대나무 바람소리

살구나무 옛 가지에 분홍꽃 피고 지고
추자나무 가지마다 파아란 알들

그늘진 담장 아랜 무성한 깻잎
청상추 적상추가 엇대어 자라고

졸랑졸랑 매달린 풋고추
고향처럼 붉은 물오르는데

지난 밤 잠잠한 어둠 속
열어 둔 삽작으로 들어온 길손

마음 순한 고란이

얌전하게 돌아가는 새벽

까만 어둠과 파란 물결이
얼금슬금 교미하는

먼 바다 너머에서
새빨간 해 하나 떠오르네

또 아침이네
뜬 눈으로 맞이하는

새 해를 맞이하는 뭍 속의 섬
오신 이 없으니, 가실 이 더 없는.

기다림

밀폐된 공간에서 세상을 굽어보면서
기다리는 연습을 한다

한 번에 세 번을 뇌까린다
그렇게 여러 번을 반복한다

기다리는 것은
움직이지 않는 게 아니라

해야 할 일과 때를 숙고하는
유유한 흐름이다, 자적하는 궤적이다

사람과 사람의 관계 속에
일과 나의 관계 속에

나와 너와의 관계 속에
나와 삼자와의 관계 속에

기다리는 연습을 한다

그런 연습을 반복한다

기다리는 연습은
은인자중 자중자애하는

혹한 속의 자적이다
내가 나를 구속하는 가혹이다

인생길

날마다 다시 시작이네
이렇게 천년을 걸어서 가야하네

오늘까지 쌓은 공은 모두가 잿빛이네
손금 달아 문질린, 손가락 끝에 맺힌 허망한 갈망

사람과 사람 사이 인연의 계산은,
하나 둘 속 빈 노다지가 되어가네

신의 응답은 이렇게 오는가
귀 홀림으로, 눈 홀림으로, 맘 홀림으로

바램과 바램의 끝은
하늘이고 바다이네

하늘과 바다가 만나기까지는
다시 천년을 기다려야 하네

다시 천년을 걸어서 가야 하네

오늘, 꿈에서 깨어나서

하늘과 바다를 잇는 새 꿈을 꾸어야하네
깨어나 다시 꾸는 꿈은 생꿈이네

같은 길 위를
같이 걸어가는 사람도

사람마다
다른 바람을 가르며 나아가고

사람마다
다른 꿈을 안고 걸어가네

생꿈으로 이어가야 할 꿈 하나
다시 영글어 피어나기까지는

천년이 걸린다네
지금부터 다시 시작이네

〈

손금 짓무르도록 스스로에게 빌면서
가야할 길은 멀고도 멀지만

이렇게 천년을
또 다시 걸어서 가야하네

가다가 가다가
빛만 남겨두고

아주 가는 길,
그것이 인생이네

이별과 상봉

만나고 헤어짐에 시와 때가 있어
떠나는 이 잡을 수 없고
오시는 이 막을 수 없음이여

반평생 푸르른 길
눈 아리는 이별도 많았어라
설레는 상봉도 많았어라

만나고 헤어짐을 택할 수 없음이여
가시는 님 서러웁고
오시는 님 반가와라

오고 가는 인걸이여
피고 지는 산천이여
오고 감이 한 길, 돌고 도는 해와 달

이별과 상봉의 길
반평생 푸르른 길
드린 정 받은 정, 정만 아련하네

사람

겉모양은 하나
속 모양은,
조물주만 아는 영물

세상에 오직 단 둘
하나는 아름다운 영물
또 하나는 그 반대의 영물

같은 배를 타고서도
각각의 생각을 품고 강을 건너는
천만 상의 피조물

세월

흘러가지 않고 돌고 도는 시간
가지 않고 제자리로 도는 수레
신이 내려주신 가장 공정한 선물

세월은 시간의 궤도를 돌고
사람만 떠나가는 무한의 궤
착각 속의 흐름

떠나가는 사람들이 정한
시간, 날, 주, 달, 해를 더하는 반복
그리고 반복

과거에서 현재로 현재에서 미래로
미래에서 현재로 현재에서 과거로

순간을 인식하고 결정지을 수 있는
현재는,
오직 순간뿐
〈

세월은 부르지 않아도 되돌고
사람은 불러도 되돌아오지 못함이여
돌고 되도는 흐름의 굴레

친구

나의 이야기를 끝까지 들어주는 사람
나의 귀에 거슬리는 말
눈앞에서 조곤조곤 일러주는 사람

나이와 상관하지 않는, 이해와 상관이 없는
자연인과 자연인의 만남
살아있는 사람이 이승에서 가장 만나고 싶은 사람

친구에서 이익, 자기, 양심을 빼면
친구는 세상에 단 하나도 없는 사람

세 사람은 절대로 불가 하고
두 사람은 너무 많고
한 사람은 선택할 수 도 선택 받을 수도 없는

그래서, 그래서
단 한 사람의 친구도 가질 수 없는 관계

그래서, 그래서

그 누구의 친구도 될 수가 없는 관계

세상에서 가장 가까이 통용되는
세상에서 가장 속이 빈 말

혈육

힘겨울 때
가장 먼저 떠오르는 얼굴

기쁠 때
가장 먼저 소리쳐 부르는 이름

살아가는 나날
가장 든든한 울타리

그래도 나보다 잘 나가면
옆구리 결리는 사람

보석보다 더 단단한 살점
물보다 진한 피

사람과 사람 사이의 뿌리

겸손

내가 아는 내 속의 나
누구도 알지 못하는 나
도처상수를 인정하는 깐깐함

껍데기에 덮혀 보이지 않는 나
내가 나라고 말하지 않는 나
남이 나라고 생각하는 나

끝자락에 닿아서 비로소 결단지어
깨닫는 생각

당당함과 비굴함을 가름하는 태도
너무 깊게 고개 숙이지 않으며
너무 얇게 혀로 치세우지 않는

상대방이 질문을 하면,
그 답을 스스로 말할 수 있도록
잠시, 짬을 내어 주는 지혜
〈

오른 손 왼 손의 중간에 있는

보이지 않는 마음속의 갈피

세 번째 손, 가슴속의 손

끈

신이 이어 주는 관계
내가 만들어 가는 관계

번지에서 뛰어 내려도
끊어지지 않는다는 믿음

끊어지면 죽는다는 믿음
아멘, 그리고 나무아미타불

청출어람

푸르름이
더 푸름을 수긍하는

스승이
더 빼어난 제자를 인정하는

학자들이
유념하고 살아가야할 덕목

나보다 잘난 꼴 받아들이는
세상의 풋대

사실

세월 지나가도 변하지 않는
누가 보아도 똑 같은

사방과 팔방이
하나같은 면면

생긴 대로 있는 그대로
더하고 덜함이 없는

너와 나와 삼자의
생각의 분을 바르기 이전 그대로

치인의 정의

나는 옳고 당신은 그른 것
너는 그르고 나는 옳은 것

네 편은 틀리고
내 편은 맞는 것

내가 하면 선한 일
네가 하면 그 반대의 일

삼자가 하면 그놈이 그놈
삼자가 따지면 나는 모르는 일

자본주의

시간 기회는 같아도 노력은 다른
노력은 같아도 성과는 다른
내 것과 네 것 사이 한계가 분명한
결과의 차등을 인정해야 하는 이념

마음

채울 수도 없는 것이
무겁기도 하고

비울 수도 없는 것이
가볍기도 하네

내 보일 수도 없는 것이
모양은 천 만 상이고

그릴 수도 없는 것이
색깔은 억만 가지네

말(言)

신에게 다다를 수 없는
인간의 한계
신이 나누어 놓은
인간의 갈래

송곳 아닌 송곳
보이지 않는 물리력
가슴속 찌르는 바늘
새싹을 틔우는 씨앗

세월만큼 자라는
사랑과 용기
애증과 증오의 씨
가슴속에 자라는 종자

자식

부모라는 이름으로는
넘을 수 없는 산

부모와 가까울수록
힘이 나는 사람

여자라는 이름의
마지막 귀착지

족벌은 사라져도
사라지지 않는 씨와 밭

기도

내가 신에게
질문을 하고,

만능하신 신에게
대답할 기회를 드리고,

그 답에
귀를 기울이는 시간

전도

타인에게
신을 말하지 않고

타인들이
신을 느끼게 하는 일상생활

경전을 암송하지 않고
구절을 실천하는 일상생활

성자를 외치지 않고
성자를 닮아가려는 일상의 푯대

맹서

지키지 못할 다짐
날마다 고쳐먹는 작심

나와의 약속,
또 나를 거역하는 선서

그리움

흐르는 세월만큼
몸은 가늘어지고

마음은 통통하게
살이 붙는 생각

마음속에 자라는 나무
영원토록 지워지지 않는 기억

무지

이제야 알겠다 무지의 소치를
더 늦게 알아도 될 일인지
모르고 살다가 가도 될 일인지

이 또한 모를 일이다
모르는 것이 아는 것이다
그래서 다행이다

살아가는 것은 죽어가는 것이다
죽어가는 것은 살아나는 것이다
참이라고 하는 것은 거짓이고
거짓이라고 하는 것은 참이다

정답이 오답이고 오답이 정답이다
답이 없는 것이 답이고 있는 것이 답이다
적이라고 하면 동지고 동지라고 하면 적이다

행복은 불행이고 불행은 행복이다
눈물꽃은 웃음꽃이고

웃음꽃은 눈물꽃이다

사랑은 증오이고 증오는 사랑이다
말은 침묵이고 침묵은 말이다
이별은 해후이고 해후는 이별이다

상은 벌이고 벌은 상이다
오만은 겸손이고 겸손은 오만이다
감성은 이성이고 이성은 감성이다

이해는 오해이고 오해는 이해다
이기면 지고 지면 이긴다
겉은 뒤집으면 속이 되고
속은 뒤집으면 겉이 된다

깨우치는 것은
알아차리지 못하는 것이고
알아차리지 못하는 것은
깨우치는 것이다

〈

아는 것을 모르는 것
그것이 아는 것이다
모르는 것을 아는 것
그것이 모르는 것이다

다행이다
그것이 다행이다
무지의 소치

늙음

머리는 무거워지고 가슴은 좁아진다
두상만 있고 가슴은 없다
가슴이 있다하나 마음은 없다

지체가 높아질수록,
연륜이 쌓일수록
자기를 생각하는 두상이 커져간다

소갈머리는 좁아져서,
곁가지들이 발붙일
틈새가 없고

귓구멍마저 좁아져서
가까이에서 들려오는
천둥소리도 듣지 못한다

머릿속에는 고집이 자라서
아집으로 영글고,
아예 편집으로 굳어간다

〈

사람들은 고개를 돌리고

해바라기마저

고개를 갸웃거린다

4부

자화상

당신 알지, 단 한 번도
뒤쳐져 아린 가슴 쓸어주지 아니한 거

당신 알지, 단 한 번도
상처받아 시린 가슴 데워주지 아니한 거

당신 알지, 단 한 번도
텅 비어 공허한 가슴 채워주지 아니한 거

당신 알지, 단 한 번도
서둘러 앞서기 바빠 뒤돌아보지 아니한 거

당신 알지, 단 한 번도
끝자락이 시작임을 생각하지 아니한 거

당신 알지, 단 한 번도
벼슬이 흉이라고 생각하지 아니한 거

당신 알지, 단 한 번도

언젠가 당신도 혼자라는 거 생각하지 아니한 거

당신 알지, 단 한 번도
당신도 그렇고 그런 놈이라고 알아차리지 아니한 거

유랑

인생은 여행과 방랑
반복하는 유랑

행선과 일정
손에 쥔 길이면 여행

행선과 일정
손 안에 없으면 방랑

여행과 방랑을 오가는 정처
인생은 유랑

군인의 길은
여행과 방랑을 포갠 길

붕우에게

붕우여, 눈 들어 하늘을 보시게
가슴을 젖히고 어깨를 펴

누군가 너에게 강요를 하면,
다른 누구도 세상의 강요를 받는다 생각해

오가는 길 걷는 중에나 선 잠결 속에서
뭔가 해야 할, 밀린 일 떠올라도 기죽지 마시게

문을 닫고 나갈 때는 모든 것을 두고 나가
그리고 잊어버리는 연습을 하시게

거리를 거닐 때는 거리에 취하고,
사람을 만날 때는 그 만남에 집중을 해

내일이 빨리 온다고 성가시게 생각하지 마
모레가 되어서 내일을 돌아보면 다 지나간 어제야

어제 그제 작년 이때를 생각해 보시게

내일이 오면 오늘은 이미 지난 날이야

다윗 왕이 반지에 새긴,
'이것도 다 지나가리라'

이 말은 진리야
오늘은, 어제 바라보던 내일인 거야

권주가
— 먼 길 오신 벗님에게

달 푸르고 별 내려온 산자락 기슭에서
그대를 마주하여 잔을 권하네

건네는 이 한 잔은 취하기 위함이 아니요
나의 맘 건네는 정분의 잔이라오

천리 길 멀다 않고
바람 가르며 오셨으니

가을바람 낙엽소리에 귀 기울이며
한 잔에 또 한 잔을 더 하시구려

가슴속에 무르익은 그대에게 하고픈 말
열 섬 시루에 담아도 차고 남을 터이니

주고받는 이야기는 은하세계로 띄워놓고
하늘구름 비켜가는 저 달이나 바라보세

2010년, K—FNTV '솔선동행, 실천하는 음유시인' 출연 시

버거운 세상

모나지 마라 정 맞는다
뽐내지 마라 미운 털 박힌다
손발톱 감추어라 공공의 적이 될라

꼬리 치지마라 꼬리 없는 사람 질투한다
앞서려고 뒤로 숨으려고 다투지 마라
흐르는 물은 앞을 다투지 않는다

세상에서 가장 지혜로운 사람은
독하지도 질기지도 않는
한결같은 사람이다

살아가면서 가장 힘겨운 삶은
한결같이 살아가는 삶이다
버거운 세상

퇴임선고

천만년 누릴 줄 알았나
헌신과 명예의 길

우물쭈물 하지 않아서
지나간 세월이 송구하진 않지만

겉 다짐과 외침 속에 숨겨진 속내
뒤집고 꺼내어보니
민망하기 짝이 없네

더 이상 우쭐거리며
나아가지 못할 막다른 길
인생 일 막 끝, 퇴임선고를 받고서

문득,
정신을 가다듬고
티끌세상 바라보니

정각형과 둥근형이
하늘 땅 사이에 하나네

퇴임사 退任辭

정각형 안에서 살아 온 터라
세상의 권모를 배우지 못하고

제복의 굴레 속에 나를 가두어
술수도 익히지 못하고 살았네

거칠하게 살아 온 서른 하고 일곱 해
오르고 또 오르던 길 제자리걸음을 하고

나아가는 길마저도
세월이 더는 허락지 않네

시간과 공간의 섬에 부동자세로 서서
펄럭거리는 깃발을 향해 예를 갖추던

헌신도 명예도
강물처럼 흘러갔네

아차 하는 지난 세월

토막잠에서 깨어나서

자연으로 돌아가는 길
발걸음 오히려 가볍네

정년 무렵

잠에 들면 하루가 갔고
깨어나면 또 하루가 오네

나이는 계급보다 많아지고
계급은 나이보다 낮아지고

짧은 세월로 나를 추월한 높으신 분
모시는 일도 녹록치 않네

그나마 세월의 덫이 있어
더 머물지 못함이 다행이네

퇴임의 비련

장교로 살았네, 35년의 세월
아홉 번 넘어지고,
열 번째는 꺼꾸러졌네.

넘어지고 떨어져도 서글프지 않았네
당선자를 축하하고
낙선자를 오히려 위로했네

빽 줄도 능력이고, 운 줄은 실력이네
연줄은 운줄 위에 있고
금줄은 연줄을 따돌렸네

진급 아닌 직무를 쥔 등신 같은 세월,
구비마다 바보 같은 보람이고
자국마다 몽매한 긍지이네

하지만, 끝내 꺼꾸러진 자리
계급은 아쉽지 않은데,
못다 한 일에 목이 매이네

사표

은빛목걸이에 목숨 바쳐
서른일곱 해를 걸었네

단 한 분의 전우님
깃털 하나 다치지 않았네

끝 날까지 헌신하고
빈 맘으로 돌아섰네

직업보도도 마다하고
명예퇴직금도 저리 했네

희망전역이라 말하지만
사실은 사표였네

퇴임사는, 37년 간 암송한
'장교의 책무' 반납이었네

2막, 서시

서러워 울던 일 막을
경장更張해야 하네

젖은 생각,
구름 속 같은 마음

빈 들판 마른 풀처럼
여린 바람에 간들거리던

서러움과 외로움을
잿빛 구름 너머로 실어 보내고

반들거리는 맷돌에 생콩을 갈듯
2막을 써야하네

기꺼워 경장하지 않아도 될
새파란 2막을 다시 써 가야하네

본 정신

머리카락 낱낱이 가늘어지고
머릿결 성성거릴 만큼 긴
서른일곱 해
내 정신을 놓고 살았네

비바람 폭풍우 찬 서리에 눈보라
풍상세월을 헤집으며 걸어 온 날들이
애시당초 참으로 잘 들어섰던 길임을
이제사 알아차리겠네

줄도 업고 연도 없는 허허로운 광야
가느다란 은빛목걸이 하나에 목숨을 걸고
용하게도 스스로에게 강짜를 부리며
어쩌자고 여기까지 왔나

면서기 실수로 호적부에 늦게 오른 덕에
남들보다 달력 몇 장 더 넘기는 세월,
봉록 덤을 누린다고 부러운 눈총 쏘던 사람들
오늘 사표를 앞세운 내 속내 헤아릴까

〈

너와 내가 '우리'가 아닌 '끼리'로 울을 치고
끼리가 끼리를 분별없이 보듬고 안는
상식을 엎어버린
'끼리들의 빈 수작'을

고래심줄 연줄로 오히려 얽어 주는
마른 날 벼락칼날이 따라가서 후려쳐야할
골빈 '끼리' 속의 '양철쪼가리'들
허망한 눈으로 바라만 봐야 하던 지나간 날들

봄꽃 피고 지는 세월 속에
아지랑이 밀려가고
우거진 녹음 뒤에 오색단풍 물드는데
이제 와서 푸른 날을 캐물어서 무엇하노

오월도 지나가고
입하꽃도 피고 지었는데,
새움 트는 봄 길을 다시 찾은들 무엇하리

나는 지금 찬란한 시월 벌판에서
본 정신을 찾았는데

먹구름 너머로
파아란 하늘 열리는
새털구름 간들거리는
시월의 햇살 속을

이제부터 찬찬히 걸어가야지
2막의 길,
검붉은 단풍 속으로
휘파람을 불며 걸어가야지

귀로

조국이라는 언덕바지에
한 그루 나무로 엉거주춤 뿌리를 붙박아
서른일곱 해를 은덕을 입고 살았네

작은 이파리 넓게 키워 그늘을 내리고,
꽃 피우고 열매를 달아
무궁화꽃 세 송이를 피웠었네

한 줄기 청량한 바람은
태고로부터 천 년의 기억을 되몰아
서른일곱 해, 헌신의 길을 호위해 주었고,

이제는 되돌아 갈,
자연인으로 회귀할 예정된 시간
지금은 다시 세속의 저자에 붙박을 때이네

훠~얼 훨 자유로운 혼
흐르는 바람 한 줄기
구름 되어 창공으로 흐르는 길

비단주머니

돌아서는 길 하나 찾는데
서른일곱 해가 걸렸네

오늘 내 모습이
개구 진 시절에 품은 나는 아니지만

느즈막이 깨달은 내가
비로소 나인 것을

군살 불어나는 몸뚱어리에
비워지지 않는 비단주머니 하나 찾으니

이 또한 천만의 운수이네
이 또한 만만의 다행이네

* 비단주머니 : 37년 군인연금

마른 풀

지나간 세월을 뒤집어가며
영웅호걸 미관말직 입물레질 하지마세

영걸의 머릿결에도
백발 무서리 내리고

말직의 눈가에도
주름계곡 패이리니

영걸도 말직도
세월 앞엔 마른 풀일세

손바닥 같은 묘지 위에
푸른 잔디, 마르기는 너와 나 매한가지

철들 무렵

이순의 마루에 와서야
어렵사리 철이 들었으니
이 또한, 복락일세

서른일곱 해를 한 하늘만 바라보다가
숨 모가지는 세월의 덫에 걸리고
발모가지는 계급의 덫에 걸리었네

숨구멍은 아직도 활활거리고
두 무릎도 달릴 만한데, 더 나아가지 못하니
비로소 정신이 드네

푸른 구름 검은 구름
흘러 흘러 끝닿는 곳,
하나 같이 덧없고 정처 없음이여

알 듯 말 듯 한, 질박한 분수가
사람의 뜻 밖에 있음을
이제사 알겠네

새 길

퇴역인들 예비역인들
공적이 덮일소냐

푸른 언덕 거친 벌판
휘 누비던 발길이라

나아가고 머무르던
가뿐 숨결 꿈만 같아라

마음은 성성하고
육신은 오히려 푸른데

청산을 눈앞에 두고
새 길로 나아가네

영령 이별주

탁배기라서 서러워 울까
맑은 술이라서 기뻐 울까

내가 음유하는 술은
탁하고 맑은 술이 아니라오

내가 마시는 술은
잔 속에 녹아 있는 님들의 혼령이라오

자유를 지켜 낸 임들의 혼불이라오
강산에 잠드신 13만, 임들이시여

영원하시라, 임들이시여
이 나라를 안위하소서

고별사

그대,
수직으로 살아 온 나날

난초처럼 푸르고
해처럼 빛나소서

형평과 진솔의 추를
가슴에 달고서

사실과 증거를 저울질 하는
빛을 뿌리소서

따순 바람 불어 오는 날
푸른 벌판에서 다시 마주하소서

전역

높은 봉우리에 서서
더 높은 봉우리를 바라보다가
하산, 하산을 하네

가시덤불 헤치며
비바람 흙먼지를 마주하며
오르고 오른 높은 봉우리

넘어지고 치이고 밀리고 밟히고
따돌리고 휘둘리면서
오르고 오른 높은 봉우리

일곱 번 떨어지고도
오히려 담담했던
여덟 번 째의 봉우리

가깝지만 멀기만 한 더 높은 봉우리
겨누듯 조준한 눈길 고정시켜 놓고
하산, 하산을 하네

사유의 탈출

네 안의 너를
네 '생각의 감옥'에서 탈출시켜라

내 안의 나를
'통념의 감옥'에서 탈출시켜라

네 생각과 내 생각을
통념의 틀에 얽어매지 마라

통념의 틀이
통념이 아님을 자각하라

통념은, 통념은
각형도 원형도 아니다

통념은 그릇에 담기는 물이다
통념은, 통념은

다짐

이마와 어깨에 양철쪼가리를 달고
명예와 헌신을 사명으로 여기고
목숨담보를 소명으로 살면서도
숨죽이며 살아 온 속내는
늘 납작하게 엎드려 있었네

눈에 보이지 않는 수를 헤아리며,
혁명 같은 인생역전을 꿈꾸며,
녹슬어가는 양철쪼가리의 갱신을 갈망하며
겉으로는 떵떵~ 건들거리기도 하였었네

절절한 땀내 배인 고뇌와 숙고의 산물들
그 끝에 결론지은 주창主唱과 절규는
끝끝내, 메아리로 돌려받지 못하고
들녘에 흩뿌려진 씨알로 날아가 버렸네

이제는 시들어 움도 틔우지 못할 꿈의 씨앗
실패의 과정들이 이루어 놓은 업을 추억하며,
낯설고 투박한 삶의 영토에 새 씨앗을 뿌리며

느린 발걸음으로 뚜벅거려야하네

세월의 덫에 걸려
미완으로 멈춰버린 양철쪼가리에
다시는,
새파란 녹이 일지 않도록

귀향

그대,
너무 먼 길을 돌아서 오지 않았는가

부엉이 울던 달이실 고개 길
새벽달 바라보며 걸어서 넘던 그날

아버지 가슴속 훈장, 9940142 군번
어머님 암송소리 귓전에 쟁쟁거리는데

세월의 덫, 계급의 덫에 걸린
막다른 골목에 서서

풀 비린내 파들거리는
내 고향, 지차리를 생각한다

얼마나 목이 마른가
내가 내 이름을 부르다가 돌아서는 길

그대,
너무 먼 길을 돌아서 오지 않았는가

귀환

열과 성을 다하여 살아온 터라
지나간 세월 안타깝지 않고
청 푸른 젊은이들 부럽지 않네

몸과 맘의 기운은 아직도 세찬데
벼슬길도 막히고 세월은 덧에 걸리었으니
홀홀 놓아두고 새 길로 들어서려네

초년에 슬하를 떠나 가쁜 숨 몰아쉬고
중년에 나라님 덕에 호사하게 헌신하다가
장년에 자연으로 돌아가니 이 또한 복락이네

일야허몽—夜虛夢

하늘에서 별을 따 온 누군가처럼
연줄 닿는, 청기와집 인사비서관도 없고
동문 국방위원장도 없고

전직 수반 삼촌도 없고
겉으로 보이지 않는 손, 사연私緣도 없고
손 위 동서가 구중궁궐에 있지도 않네

서른일곱 해 전 마뜩찮게 입은 제복
뒤뚱거리면서 걸어서 들어선, 인생 1막
살아내면서 반해 버린, 첫 사랑 직업군인

일곱 번 낙선하며 대령이 되어
열한 번째 장군에서 일야허몽—夜虛夢을 꾸니
지나간 천만 날이 안개그림 같은데

본병 같은 풍치가 도저
잇몸까지 욱신거리는 저녁
몽상 같은 마음으로 추사의 세한도를 바라보네

〈

완당의 유배와 이상적의 의리는 무슨 연고인가

소나무 잎 푸름을 알지 못하는 활엽들 비웃으며

나라님께 진 빚, 갚을 길 없음을 서러워하네

* 일야허몽—夜虛夢 : 어제 저녁에 들려온 말이
이튿날, '개꿈에서 깨어난 듯' 뒤집혀 있는 현실이 된 사실

인생 2막, 내미는 손

관료생활 37년 나라님이 주셨네
호사하게 반평생 은혜만 입었네

인생 1막 끝자락, 난간에 기대어서
인생 2막 들어설 새 길을 바라보네

누구일까 무딘 내 손
이끌어 줄 이

햇살 비낀 서달봉 아래서
목멱산을 바라보네

대를 이은 길

허리 잘린 세월 위에
이념의 벽은 철옹성으로 높습니다

저쪽을 주시해 온 날들 만큼
아이가 자랐습니다

아버지의 뒤를 이어
나의 등 뒤안길, 대를 이어

저쪽을 주시합니다
아버지의 자리에 섰습니다

또 다시, 저쪽을 주시합니다
아버지의 아들입니다

2003년 1월 6일
아버지의 뒤를 이어,
워카를 신고 직각의 길로 들어 선 아들에게

178

소원
— 무궁화꽃 하나로 필 날

허기진 배 움켜 쥔 듯 동여 맨 허리
세월의 상흔으로 부르튼 철망
끊어진 핏줄 이으려나,
개울물을 남북으로 혈관처럼 흐르고
까막까치 자유로 분계선 넘나드는 곳

해골처럼 쇠잔하여 구멍 난 철모
뇌관 겉피 삭아버린 흙 두덩 탄 꾸러미
홍안의 선혈 흩뿌린 넋이더냐
할미꽃 야생화는 봄꽃인데 가을에 피고

향기 품고 오가는 이 없는 전설의 산하
몽상으로 넘나드는 두고 온 북녘
내 고향 무논에도 뜸부기 날고
갈까마귀 검은 피 뿌려 진달래도 서럽겠지

아, 꿈이런가
할미꽃 언덕 자유로 넘나들 날
전설의 산하 함묵에서 깨어날 날

무궁화꽃 하나로 필 전설의 그 날

2014년 12월
전역을 며칠 앞두고,
초임배치를 받았던 고성 통일전망대에서
사랑하는 조국 대한의 자유통일을 염원하며

워카 37년

ⓒ2016 유차영

초판인쇄 _ 2016년 11월 11일

초판발행 _ 2016년 11월 15일

지은이 _ 유차영

발행인 _ 홍순창

발행처 _ 토담미디어

서울 종로구 돈화문로 94(와룡동) 동원빌딩 302호

전화 02-2271-3335

팩스 0505-365-7845

출판등록 제2-3835호(2003년 8월 23일)

홈페이지 www.todammedia.com

편집미술 _ 김연숙

ISBN 979-11-86129-52-4